María de la Luz Uribe

EL PRIMER PÁJARO DE PIKO-NIKO

Ilustraciones de Fernando Krahn

EDITORIAL JUVENTUD - PROVENZA, 101 - BARCELONA

En la espesa y olorosa
floresta de Piko-Niko
viven bestias, hay insectos;
pájaros nunca se han visto.

Pájaros nunca se han visto,
pero un día, desde el cielo,
cayó algo tibio y liviano:
era un blanco y suave huevo.

Cuando el suave y tibio huevo
tocó el suelo, se hizo añicos.
Y así apareció el primer
pájaro de Piko-Niko.

Pájaro de Piko-Niko
era, pero él no sabía
su nombre, o de qué servía,
y muy solo se sentía.

Muy solo él se sentía.
Se encontró con una piedra,
preguntó: «¿Quién soy?», y oyó
sólo risas por respuesta.

Al oír tan brusca risa
buscó, hasta que encontró
a una hiena que le dijo:
«Otros saben más que yo.»

«Otros saben más que yo
—remedó alguien desde arriba—.
Nada sé yo; desde aquí,
lo de abajo está en la cima.»

«Por favor, ¿saben quién soy?»,
preguntaba a quien veía;
pero algunos se asustaban;
otros lo miraban, se iban.

Pero uno que lo miraba,
un elefante, le habló:
«Amigo, hay un lagarto
que a mí mucho me enseñó.»

«Si te enseñó —dijo el pájaro—,
llévame sin más donde él.»
Y juntos los dos viajaron
entre el cardo y el laurel.

Los laureles se acabaron
y encontraron al lagarto:
«Lo sé bien, con pies y plumas,
¡indio eres!», dijo en el acto.

«Plumas y pies, ¿pero el arco?»,
preguntó un insecto atrás.
«No eres indio. Yo sé de alguien
que es raro como tú, o más.»

«Sígueme, es distinto a todos
y conoce a los extraños.»
«Ojalá me reconozca»,
dijo, siguiéndolo, el pájaro.

Tras el insecto iba el pájaro,
y hasta una cueva llegaron.
«Entra allí», dijo el insecto.
La voz no le salió al pájaro.

Aún la voz no le salía
cuando vio un mirar feroz;
tomó aliento y dijo suave:
«Quién eres tú… eh… quién soy yo?»

«¿Quién eres tú y quién soy yo?
—dijo un monstruo entre rugidos—.
Yo soy aquel que te empuja,
y tú, ¡tú eres el caído!»

«Soy el caído, no hay duda
—dijo el pájaro al caer—;
ahora voy a morir
y esto es lo único que sé.»

«Ahora jamás sabré
por qué nací y he vivido,
y moriré sin un nombre
por lo estúpido que he sido.»

«¡Pájaro estúpido!, ¿qué haces?
—oyó cuando iba cayendo—.
¡Abre las alas y gira!
¡Vuela, pájaro, en el viento!»

Hizo lo que le decían,
voló y voló entre graznidos,
y supo al fin qué y quién era:
el pájaro de Piko-Niko.

© M.ª Luz Uribe - Fernando Krahn, 1987
  Editorial Juventud, Barcelona, 1987
Segunda edición, 1991
Depósito Legal, B. 33.970-1991
ISBN 84-261-2307-4
Núm. de edición de E. J.: 8.587
Impreso en España - Printed in Spain
I. G. Credograf, S. A. Llobregat, 36 - 08291 Ripollet (Barcelona)